청어詩人選 211

말이 그리운 날

주여옥 시집

청어

말이 그리운 날

주여옥 지음

발 행 처 · 도서출판 청어
발 행 인 · 이영철
영   업 · 이동호
홍   보 · 천성래
기   획 · 남기환
편   집 · 방세화
디 자 인 · 이수빈
제작이사 · 공병한
인   쇄 · 두리터

등   록 · 1999년 5월 3일
(제1999-000063호)

1판 1쇄 인쇄 · 2019년 11월 20일
1판 1쇄 발행 · 2019년 11월 30일

주소 · 서울특별시 서초구 남부순환로 364길 8-15 동일빌딩 2층
대표전화 · 02-586-0477
팩시밀리 · 0303-0942-0478

홈페이지 · www.chungeobook.com
E-mail · ppi20@hanmail.net
ISBN · 979-11-5860-709-8(03810)

이 도서의 국립중앙도서관 출판시도서목록(CIP)은 서지정보유통지원시스템 홈페이지
(http://seoji.nl.go.kr)와 국가자료공동목록시스템(http://www.nl.go.kr/kolisnet)
에서 이용하실 수 있습니다.(CIP제어번호: CIP2019043578)

🔺울산광역시
이 시집은 울산문화재단 2019 시니어 창작발표 지원사업의 일환으로 발간되었습니다.

말이 그리운 날

주여옥 시집

시인의 말

시의 온기가 느껴질 때마다
숙제처럼 펜을 잡는다.

정토마을에서 만난
늘 푸른 산과 정원의 나무와
유난히 아름다운 밤하늘의 별
계절 따라 마중 나온 꽃들에게
마음을 여민다.

빛의 속도로 달려온
문학의 길…

아스라이 보인다.

2019. 가을
주여옥

차례

1부 꽃잎 편지

2부　틈과 틈 사이

차례

4부 말이 그리운 날

1부

꽃잎 편지

새로운 길

신록의 길 따라
가보지 못한 낯선 길을 따라왔다
生은 많은 인연을 만나면서 헤어지고
또 다른 뜻밖의 인연을 만나
정을 들이며 살아가는 것이다

나의 출근길엔 수령 250년이 된
하늘 끝 맞닿은 국수송과 느티나무가
환하게 길을 밝혀주는 '양등마을'이다

온갖 야생화가 무리지어 핀 조붓한 뜨락
사방 둘러보아도 울창한 숲이 우거진
이름 그대로 '정토마을'이다

몸과 마음 아픈 이들 함께 모여 오순도순 살아가는
기도소리 풍경소리 온화한 평화로운 곳

번잡한 도시를 벗어나 바람 같은 소식
더디게 들려오는 곳이지만
해가 지면 들녘 개구리 소리에 취해
흥건한 잠에 빠져들면
다음날 아침은 맑은 물 흐르듯 상쾌하다

자꾸만 되돌아보는 나이
새로운 곳에서 다시 시작되는
나의 삶은 오로지 신의 은총 같은 것

안개숲에 젖다
— 곶자왈 숲

바다를 닮은 안개 속에서는
모두가 젖어 있는 것만 아니다
깊이를 알 수 없는 비밀의 숲을 헤엄치며
우리들은 무거웠던 발길을 벗어 놓는다

보일 듯… 들릴 듯…
수목들의 잎새와 숨결을 맞춘다

햇살이 들지 않는 날에도
모락모락 생기를 피워 올리며
이끼는 돌들과 어우러져
촉촉한 수채화 한 폭 그려낸다

품 넓은 숲에서
마중 나온 수선화 무리들
은밀한 대화를 들으며
나도 안개 속으로 사라져간다

세상 가득 푸른 맨발로 오는
햇살의 그림자 손짓하면
안개 속이던 내 삶도
다시 또렷해지기를

가을 운문사

가슴에 탑을 쌓으며
저마다 물소리 여울진 옛길 따라
그리운 발자국 하나 둘 떼고 있다

홀로 가야 할 시간들
종소리 어둠을 흔들어
세상을 깨울 때
흰 고무신 숙연한 법당을 들어서면
무엇을 취하고
무엇을 버려야 하는지
끝 모를 회한이 등을 토닥인다

온종일 경을 들으며 귀를 열고 선 나무들
짧은 해 그림자 따라 손짓할 때
비로소 작은 내가 보인다

옷깃을 부여잡는 풀벌레 소리에
엎드린 길들이 오소소 일어서며
메마른 가슴 적셔주는데

새벽이 오는 소리

새벽은
가을에 물들어가던
툭, 툭,
감 떨어지는 소리에 단잠을 깬다

오랜 시간 햇살을 먹은 붉은 알들이
시도 때도 없이 지붕 위로 천둥소리를 낸다

아슬한 고행의 끝이 그 길인가
지나는 바람도 없는데
고요 속에서 몸을 날린다

저 몸, 햇빛을 담을수록 유순해지는 걸까
어느 순간 모질게 부여잡은 삶도
저렇게 미련 없이 놓아버리는 것이다

하늘 높은 줄 모르던 그들의 아우성
허공이 둥지였던 그들의 세상
절정의 시간은 순간이었나

다시 봄이 오면
무수한 별들 총총히 매달고
환한 불빛으로 푸른 길을 낼 수 있으려니

꽃잎 지다

차가운 햇살이 홍매화 가지 끝을 쓰다듬자
몽우리에 붉은 빛이 피돌기를 시작했다

유난히 눈매가 맑은 40세의 그녀
얼굴도 모르는 암이 찾아들어
몸 구석구석을 헤집어 놓았다

눈 뜨곤 볼 수 없는 고통이
그녀를 침상에 눕혔고
환의로 갈아입은 그녀의 병세는
창백해지기 시작했다

"언니 나 좀 살려주세요!"
"어린 아들이 둘이나 있어요. 꼭 지켜봐야 해요!"
애절한 눈빛 바라보며
나는 그저 듬성한 머리카락만 쓰다듬어 주었다

꽃 같은 나이
푸른 물을 뿜어 올릴 나이
그녀의 몽우리는 일주일 만에 떨어져
그만 피돌기를 멈추었다

꽃잎의 영원한 안식처는 높고 높은 하늘이라 했던가

세상에 남겨진 어린 두 그루 꽃나무
어루만지며 키워줄 햇살의 손길
더 부드럽고 더 따뜻하기를

반구대 암각화*

돌 속에 잠든 바다가
눈부신 무늬의 전설로 남아있다

사슴, 거북, 새와 춤추는 사람들
가만가만 달 밝은 밤
바윗등 타고 술래잡기를 한다

어둠을 따라 떠돌던 큰 고래 한 마리
대곡천 솔바람 헤치며
천 년 전 시간을 거슬러
먼 바다의 여행을 꿈꾸는 것일까

장엄한 바다를 향한 고래는
포효의 몸짓으로
굳은 지느러미 힘껏 세운다

신비의 돌 속 바다는
선사인의
수많은 언어가 숨 쉬고 있다

*반구대 암각화 : 국보 285호

수호신, 고래 이야기
– 장생포

은빛 바다가 보이는
마을 어귀에 들어서면
포효하는 고래 조형들이
허공에서 헤엄을 친다

바닷가 작은 우체국엔
올망졸망한 이야기들이
동여매진 편지 속에서 두근거린다
문득 옛사람에게
저물녘 갈매기 편에 편지를 부치고 싶다

윤슬이 빛나던 바다는
넉넉했던 기억들을 뭍에다 부려놓고
바람만 들락거리던 옛 서점엔
온종일 고래들 이야기 펼쳐 놓고 있다

향수에 취한 장생포는
고래 고기, 고래 빵이
명물이 되어 허기를 채운다

먼 바다에선
수호신으로 살아남은 숨비소리 들린다

징검돌을 건너다

가파른 물살을 거슬러 오르며
금빛 햇살은 징검징검 돌다리를 건넌다

앞서가던 발자국을 쫓으며
숨 속이든 안개 속이든 무모하게 달렸던
내 젊은 날의 시간들

무심한 세월은
빈 하늘에 구름 한 점 띄워놓고
숨 가쁜 하루가 아득히 멀어져간다

살다보면 돌부리에 채일 때 한두 번 아니지
걸림돌이 되는 디딤돌도 항상 있는 법
젊을 때 걸림돌도 살아보면 디딤돌이 되듯

매섭기만 하던 바람도
이제는 느릿느릿 햇살을 따라 나서고
쉼 없이 흘러야했던 물결도
돌과 돌 사이에서
환하고 고요하다

신흥사* 가는 길

동해의 주름진 길 휘돌아 들면
초록에 쌓인 깊은 산사는
정겨운 가슴 열어주는 엄마의 품속이다

새벽 햇살 동해에 떠오르면
산 그리매 꿈결처럼 마음속에 머물고
일상의 번뇌 파도로 씻긴다

무성한 고목의 숨결소리
호국도량의 아픈 역사를 말해주듯
바람은 깨어있는 삶을 살라고
휘어진 등을 미는데…

어머니 밝히는 촛불 아래
설화들 두런두런 계곡을 타고 내려와
종소리로 남는다

달빛은 산사를 밝히며
함초롬히 산마루에 걸린다

*신흥사 : 울산 북구 함월산에 자리한 천년 고찰

손

구룡포 바다
하늘 우러러 받든 손 하나 있다

거친 파도가 쉼 없이 밀려와 부딪혀도
굳건한 모습으로 세상을 밝혀주는
그 손 보고 있으면
세상의 빛이 된 얼굴들이 스친다

가난하고 병든 자에게 손 내밀어
희생의 정신으로 생을 바친
마더 테레사의 거룩한 손

온 가족을 위해
흙과 더불어 거북손이 된 아버지
자식의 꿈을 향해 밤낮 없던
마디 휘어진 어머니의 손

세상의 등불로 살아온 사람들 보며
나도 아픈 이들을 위해
더 따스한 마음으로
작은 빛이라도 심어주는 손이 되고 싶다

등

온몸 구부정한 새우를 볶는다
늙은 여자의 몸매처럼
어정하고 구부정한 자세다

험한 바다 속을 힘겹게 헤엄치다
마치 세상 이치를 다 깨달았다는 듯
부처의 눈으로 묵언중이시다

늘 굽은 자세로 논밭 매던 그녀
엎드려야만 편안했던 생
언제나 겸손하게 자세를 낮추며 살아왔다

왜!
자신을 희생하며
밤낮 새우잠을 자야 했는지
그녀의 황혼 노을 진 생을 읽으며
저물녘에야 나도 조금은 알겠다

수세미꽃

가을이 골목 안으로 성큼 들어선다
오늘 따라 수세미 몇 알 노란 꽃이 눈길을 끈다
화려한 꽃들에 가려서 꽃이 언제 피었는지도 몰랐다
수세미의 꽃말이 갑자기 궁금해졌다

양지쪽 토담 벽에 기대어
길을 밝혀주는 작은 꽃이 그지없이 측은해 보인다
늦가을 결별이 주는 외로움 때문일까

심심한 얼굴을 하고있는
'유유자적' 꽃말처럼
지나가는 바람에도 무심하네요

피우고 싶은 꽃빛이 아직도 남은 그 곁에서
겨울의 소리를 들어봅니다

기침이 가라앉는 소리
변비가 사라지는 소리
살이 빠지는 소리

수세미는 계절 없이
우리에게 약이 되는 이로운 식물이네요

틈 사이

눈으로 가늠할 수 없는 틈으로
야생 꽃이랑 풀 한 포기
안간힘 쓰고 손을 내민다

비좁은 틈새 흙을 딛고
끙끙댔을 생명들 위대하다

오늘아침에 만난
민들레 한 송이 승자처럼 웃고 있네
엄마 뱃속에서 살다 나온 아기처럼

틈은 생명을 키워낸 어머니의 자궁
깊고 아늑한 품속
한줄기 빛이다

생명이 숨 쉬는 자리
길을 걷다 자주 틈을 살펴본다

꽃잎 편지
– 서포 김만중 선생 유배지에서

가뭇한 길
파도는 시간을 쓸고 갔어도
아쉬운 발자국 오롯이 남기려
초옥의 꽃잎 무늿결마다
파란 많은 사연으로 접어놓았네

목 놓아 삼킨 세월은 깊어
숨 가쁜 그대의 生
고운 걸음 접었네

저버릴 수 없는 언약
목숨 한 잎 외로이 꺾여
속속들이 못 다한 말씀
동백꽃 가지마다
붉은 詩語시어
망울망울 걸어두셨네

천사의 눈물
— 영화 7번방의 선물

아이 하나가 우리에게
크나큰 선물이 될 수 있다니

외로움과 슬픔이 묻어나는 그 곳에
피붙이 하나가 싱싱한 세상을 살아낸다

어둡고 분리된 방, 적막을 뚫고
햇살처럼 환한 아가는 빛나는 보석이었다
장애인 아빠 '용구'는
세상에 하나뿐인 딸에게 더없는 보물이었다

날마다 죄를 짓고 사는 우리는
죄 없는 죄를 미워하며
그 누가 손가락질 할 수 있단 말인가
천진한 그에게

엄마가 없는 아이도
아빠의 진실한 사랑 앞에선
하늘처럼 맑고 푸르게 자랄 수 있구나

천사 '예승'이의 해맑은 눈빛
부녀의 진실하고도 절절한 사랑에
눈물과 감동을 듬뿍 적신 우리는
또 다른 세상을 다시 읽어야 한다

달빛 기도

일 년 중 가장 환한 달빛이
요양병원 뜨락에 찾아들면
아픈 어르신들은
창가에 기대서서
묵은 소원을 빌고 계신다

어릴 적 고향 앞산에도 보름달 뜨면
내 어머니 정화수 올리던 장독대 위로
달빛이 환하게 내려 앉아
간절한 소원을 듣고 있었지

달 속의 토끼가
방아를 찧는다고 믿었던 소꿉친구는
쥐불놀이 하느라 밤새는 줄 몰랐지

예나 지금이나
소중한 기도를 받아 안은 보름달
모두의 마음을 살펴보는지
오늘따라
유난히 환하게 떠있다

2부

틈과 틈 사이

안개꽃처럼

비구니 스님께서
'안개꽃 보살'이란 이름을 지어주셨다
처음 들었을 때 나는 쑥스러워 대답을 못하곤 했다

있는 듯, 없는 듯
보일 듯, 말 듯
큰 꽃 옆을 비추던 작은 꽃잎

조용하고 잔잔한 웃음으로
환자들에게 보살핌을 주는 보살이라고
늘 칭찬을 아끼지 않으신다

나이 들수록
때 묻지 않은 순수한 사람을 닮은
화려한 장미보다 더 귀해 보이는 안개꽃을
난 한 때 무척 좋아했다

귀한 이름을 선물로 주신 스님은
온종일 미소 띤 그 모습
나보다 더 안개꽃 같다

따스한 차 한 잔을 앞에 두고
시를 이야기하고 시처럼 살아가는
세상에 되었으면 한다

틈과 틈 사이

깨끗이 도배된 벽
툭 불거진 못 하나 눈을 찌른다

오래 전 내 마음 속에도
쉬 뽑히지 않는 못 하나
옹이로 박혀있다

누군가에 의해서 박힌 듯하지만
가슴 속 깊은 대못은
어쩌면 스스로 박았는지도 모른다

못 뽑힌 그 자리
움푹 팬 우리들의 상처가
벽으로 다시 박힌다는 걸
오랜 후에야 알았다

마음과 마음 사이
틈과 틈 사이
못 대신
바람을 심자
햇살을 심자

별난 미역국 2

시어머니 생일상 차린다던 새댁
지난 밤 돌미역 조금 담가 놓았단다

아침에 불어난 미역 그릇
몇 배로 불어 넘친 놀라움
어머나!
어머니! 소리쳤단다

시어머니 말씀
에고~ 열 번은 더 끓여도 되겠네

고기 넣고 정성 다한 새댁표 미역국
간이 맞지 않아도
성의가 더 맛있다며
한 그릇 뚝딱 비운 그 마음씨

처음 끓여 본 미역국처럼
윤기 흐르는
새댁네 행복한 아침

계절이 지날 때

당신 없는 세상
나에게도 소소한 좋은 일이 자주 있네요
그토록 아끼던 손주 녀석들
오늘 또 상을 받아 폼을 잡네요

사진을 보며 혼자 웃고 좋아하다
누군가에게 자랑하려
카톡 열어보면 수많은 친구 웃고 있네요

하지만 당신 이름, 얼굴 캄캄하네요
무소식이 희소식도 아닌 나날

계절은 말없이 지나가네요
날마다 기쁜 소식 전할 수 없다는 게
참 속상하네요

오래된 신발

설레는 아침 출근길
야윈 맨발을 내려다보며 신발장을 열어본다
먼 길을 돌고 돌아
편히 누워있는 신발들
뒷굽이 반쯤 닳아 갸우뚱하다

둘이 함께 걸었던 무수한 길
아련히 엿보이며 새겨져있다
저마다 사연을 담은

오래전 첫 해외여행길
딸아이가 사다 준 갈색꽃 수놓인 샌들
그 땐 꽤 비싼 가격이라 구중을 했지
무더운 여름 나를 다시 반긴다

사람도 옛사람이 좋다던 말처럼
오래 바라보아도 지루하지 않은
묵은 잠에서 깨어난 신발
아! 편하다

수련

물결 잔잔한 호수
연분홍 등 하나 밝혀 놓고

온유한 기도와
맑은 눈빛으로
영혼을 깨우는
저 숭고한 몸짓

카톡으로 보는 세상

세상 참 좋아졌어!
아날로그 시대 사람들의 말이다
맞아! 그래 맞아!
일 년 전 스마트폰을 어렵게 익히며
감탄사를 쏟아내던 나도 동감한다

수년 동안 감감무소식이던 지인이
가늠할 수도 없는 먼 이국땅에서 낯선 사진들과
안부를 소리 없이 보내왔다
꿈에 그리던 먼 나라를 앉아서 여행을 한 셈이다

카톡 발명가들은 그까짓 거 하고
더 빠르게 새로운 발명품으로 세상 사람들을
놀라게 하겠지만

그 흔한 자동차 운전도 못하는
기계치인 무지한 나는
날마다 카톡 카톡 짧은 고음의 외침에
더 맑은, 더 밝은 세상을 읽으며
날마다 덤으로 산다

손길 하나로

따뜻하고 정성어린 손
때론 그 손 끝 하나에*
친밀감이 살아나지
얼음처럼 차가운 몸도
따뜻한 눈빛으로 녹인다지

온몸 병들어 아픈 이에게
생명의 죽 한 술 먹여주는 손
땀 젖은 몸 자주 씻어주는 손

작은 손끝 하나에
위로와 치유의 힘 느껴질 때
사랑과 정성 마음껏 모아
두 손 활짝 꽃으로 펼쳐야지

차츰 온기 잃어가는 몸
귀한 생명 보듬고 사는 우리는
더없이 성스러운 손으로
다정한 눈빛으로
더 밝은 세상을 비추어야해

*랜디 건서 「사랑이 비틀거릴 때」 인용

엉겅퀴꽃

허리 굽은 논둑길에
보랏빛 꽃등으로 손짓하는

숨은 가시에 손 베일라…
그 목소리
오롯이 그리움이 묻어나는

내 아버지 숨결어린 풀빛 세월
목젖이 아리도록
바람결에 젖어온다

아우라지*

두물머리 천릿길 물결은
꽃다운 남녀의
애절한 사연을 안고 흐른다

마음으로 깊어진 청아한 물소리
아리랑 선율로 날마다 우는데
다리난간 내려앉은 초승달
애달프다 목이 멘다

애간장 태우던 나룻배
은하수 다리 놓아
눈물강 건너서 만나려나

사랑, 애달픈 그 언약
거센 물결 쉼 없이 흘러도
징검돌 다리 놓아
언제 다시 만나라하네

기나긴 세월가도
더욱 그립다
아리랑 아리랑
물결 소리로 흐느껴 우내

*아우라지 : 강원도 정선 아리랑의 대표 발상지(무형문화재 제1호)

마음

볼 수도 만질 수도 없는
꼭, 사랑이란 이름과 닮은

오로지 가깝고 도타운
너와 나 사이에

언제나 느낄 수 있는
흐르는 잔물결

푸른 말씀
– 양등리 느티나무

삼백세 고령에도
무성한 잎 피우며
손짓하는 양등리 느티나무

튼실한 비늘과 툭 불거진 근육들
건장한 그의 품엔
날마다 여인들 발걸음 끊이지 않는다

흙먼지 날리던 세월
마을 어귀를 지키며 버텨온 그는
윗동네 아랫동네 소문 다 엿듣고
어느 집 숟가락 몇 개인지 알아도
그 비밀 침묵으로 지켜주었지

어둔 밤
달과 별 속삭임도 차별 없이 품어주며
따스한 온기 집집마다 채워주며
새봄이 돌아올 때마다
푸른 말씀 경으로 들려주네

옛날, 망개떡

정성 가득히 포장된 떡 선물
그리운 가을 편지로 내게 왔다

아들, 너를 낳았을 때 감쌌던
포근한 이불 닮은 망개잎
그 잎에 싸인
쫀득한 찹쌀과 단팥향은
너와 나의 인연 같은 것

허리 휘도록 살아온 날들
망개떡 한 상자로
온갖 보상이라도 얻은 듯
울컥 목이 메는데

저문 생일에
예쁜 카드 덤으로 꽂은
사랑한다는 짧은 말
눈물 한줄기
밝은 햇살이 비친다

오색 반짇고리

바늘귀 꿰어본 지 언제인가?

빛바랜 실을 풀어
치맛단을 접는다

시집 올 때 마련해준
골동품이 된 반짇고리
어머니 그 사랑
강물로 흐르는데…

색실 다독다독 엮어보면
서툰 박음질 꽃으로 핀다

내 젊은 날
아이들 재롱 속에
양말 깁던 솜씨
자꾸 어제처럼 서성인다

서울은 멋있다
− 롯데월드타워

그 옛날 뽕나무를 심고 누에를 길렀다던 잠실 땅엔
오늘 하늘을 찌를 듯한 빌딩이 우뚝 솟아있다

햇살은 빌딩을 향해 환한 빛을 내리고
사람들은 타워를 쳐다보며 고공행진을 한다
작은 개미처럼 땅 위로 떠다닌다

지상 123층, 지하 6층 거대한 타워는
우리 대한민국 자랑스런 얼굴
한반도 최고층 걸작 7년만의 보물로 탄생했다
세계의 유명한 건축가들이 머리를 맞대어
외벽은 2만여 장의 유리로 덮인 커튼월방식으로
더 놀라운 것은 진도 9 규모의 지진에도 견딜 수 있는
내진 설계가 도입되었다 한다

어제의 역사는 숱한 기록과 파문으로 흘러갔으나
내일의 역사는 거대한 타워를 닮은 큰 희망으로
우리의 자랑으로 남겨지길 꿈꾸어본다
서울의 타워 아래서…

광화문 앞에서

밤낮없이 태극기와 촛불로 들썩이던 광장
어제의 외침과 행진은 흔적도 없이
유월의 싱그러움으로 가득 차 있다

꿈 많은 젊음들은 높푸른 터전을 잡기 위해
너와 나
손에 손을 잡은 활기로 넘쳐흐른다

어제의 역사는 연극처럼 막을 내리고
얼룩진 파문과 숱한 기록을 남겼다
새로운 시대가 열정의 목소리로
희망과 행복을 펼쳐 부른다

웅장한 광화문 앞에서
우리 내일의 소망을 꿈꾸어도 좋을까
산다는 것은 때론 젖어 들기도…

그래도 햇살은 살만한 세상으로
날마다 우리를 비추어주네

3부

양등리 가는 길

풀잎의 반란

텃밭의 풀들은
죽기 살기로 키가 웃자란다

고추나 가지 토마토보다 더 무성하게
돋보이려 날마다 키재기를 해댄다

서툰 호미질로 뽑고 가려내다
최후의 수단으로
약을 뿌려 멸종시키라고 이웃이 일러준다

노랗게 색 바래고 병든 척 하더니
어느새 파릇파릇, 우우 고개 들고 일어선다

이름 모를 잡초들 반란이 두려워
날마다 화초 보듯 두기로 한다
살아내려 바득대는 풀들에게
끈질긴 생의 집착을 배운다

사월

잠에서 깨어난 바람은
꽃잎들을 모아
촘촘한 무늬의 물결로
오가는 길 위에 주단을 깔아줍니다

빛과 함께한 바람
꽃잎들을 흔들어 깨우면
지상에서 가장 아름다운 길이 되어
한 잎의 봄으로
반짝이고 있습니다

꽃잎, 바위에 잠들다

봄바람 설레는 지리산 자락엔
비도 꽃도 천지사방 날려
흐린 세상을 수놓으면
사람들은 꽃들의 잔치에 초대장을 받아들고
섬진강 기슭으로 몰려왔다

문학관 앞마당
바위 곁에 기대선 황매화는 오늘의 해설자다
재잘대는 수다를
제비꽃과 민들레가 알아듣고 노란 봄을 맞이한다

바위는 낙화하는 꽃잎을 새기는 석공이다
꽃잎은 무거운 바위의 마음을
들었다 놨다 흔들어 놓는 걸 보면
낙화의 가벼움도 얕잡아볼 일 아니다

봄은 봄바람이 나서
벌써 사분사분 발걸음 떼고 있다
바위에 기대어 잠들어 있는 꽃잎처럼
봄도
오수를 즐기다
느긋이 느긋이 가라 잡고 싶은 게다

돌탑

누구의 간절한 기도였던가요

그대 가슴에 묻어둔 소망
외로운 돌 하나하나 지성으로 쌓아올려
세월의 징검다리 건너 온
어머니 눈물 같은 그 길
무언으로 걸어옵니다

겹겹으로 쌓인 번뇌
시름을 벗고
첨성단 아래로 떨어지던 별빛
깊고 아득하게 피어납니다

아슬아슬한

여명도 한 점 없는 새벽길
비둘기 한 쌍 탁발을 나오셨네
연회색 장삼에 빛 고운 고깔
아장걸음 부지런도 하시다

새벽이 물어다 놓은 알곡들
근심걱정도 없이
잘도 주워 담으시네

도시의 경적이 울려대는 찰나에도
담담한 눈길로 먹이만 살피는
저 생의 본능

생존을 향한 위험한 질주
세속의 거리는
바람으로 휘청거린다

하늘 향해 날지도 못하는 날개
아슬아슬하다

섬 안의 섬
– 비진도

섬에서 살아가는 노인들
뭍으로 향한 눈동자엔
온종일 그리움이 젖어있다

누구를 기다리는 걸까
이방인이 되어
바람의 손짓으로 눈인사 건네보지만
미동 없는 점 하나로 앉아있다

잿빛 갈매기 숨바꼭질 놀이에도
초점 잃은 그늘진 눈빛
계절은 파도를 타고 넘나들고
높푸른 하늘은 환하게 열려있지만

섬 속의 노인들은
외로운 밤바다
무시로 깜빡이는 등대가 된다

비단 치맛자락 포근한 물결 넘어
짙은 노을, 노을 속으로
오롯한 한 송이 눈물 어린 꽃이 핀다

도깨비풀

들길엔 바짓가랑이 물고 놓아주지 않는
지독한 녀석이 있다
누구에게든 매달려 볼 심사로
총총 제 맘대로 수를 놓고선
안방까지 따라와 쉬 떨어질 줄 모른다

오랜 허기를 채우려고 왔을까
길동무 없는 외로움 때문일까
그 마음은 알고 싶지도 않을 뿐
오로지 말끔히 떼어내고 싶을 뿐이다

어려운 바느질을 하듯
하나씩 떼어내는 일은 정말 땀이 난다
들길을 거닐 땐
한눈 팔지 말고 도깨비를 조심할 일이다

까만 바늘에 찔리면
서로가 흥분되는지
노란 풀꽃의 꽃말은 '흥분'이란다

그 푸른 잎을 말리면
귀침초라는, 또 다른 이름으로
우리에게 이로운 약이 된다는

태화강

사시사철
해와 달 몸에 품은 어머니의 젖줄

수많은 풀꽃들
십리 대숲 아래 속삭이며
출렁이는 생명들 보듬고 키워
또 다른 생명을 잉태하는
넉넉하고 위대한 어머니의 강

한 줄기 빛으로
더욱 푸르고 싱싱한 자태로
울산의 심장이 되어
유장하게 흐르고 흘러라

이슬을 읽다

풀잎 끝이 아슬하네요

세상에서 가장 투명한 몸짓으로

눈물방울에 작은 우주를 담고 있네요

흔들리는 바람에 초연하고 싶어요

눈부신 햇살은 영혼을 삼켜버리네요

푸른 새벽에 다시 눈 뜨고 싶어요

꽃씨 한 알

여름 햇볕이 꽉 찬 씨앗들
해 지난 뒤 열어본다
푸른 잎맥을 거둔
빛깔도 향기도 없는
순진한 얼굴

촉촉한 흙 속에 누워야만
살 냄새 피울 것인가
요 작은 몸에 기별이 와서
금세 맥박을 뛰게 한다

꽃대를 내밀고
꽃망울이 터지고
저만의 빛깔과 온도로 웃음 주는
기막힌 힘이 있다는 것인지

모래알 한 알이
빛으로 줄기 내리는
세상의 근력이 된다는

맨발로 달려온 가을은
넉넉한 길이 된다는 것인지

가을 속으로

담배를 쉬 끊지 못한 환우
휠체어를 태우고 정원을 거닌다

진한 국화 한 송이 따서
담배 대신 향기를 느껴보라 한다
곱게 물든 나뭇잎 몇 엮어 "참 곱죠?"
지난 생을 얘기하며 웃음을 보낸다

가을은 참 아름답고 살만한 계절이라고
다음 얘긴 나누지 않아도
서로에게 많은 여운을 남긴다

담배를 끊으면
오 년은 더 함께 웃을 수 있다던 가을 남자
은사시나뭇잎처럼 떨리는 목소리

오 분만, 오 분만, 더 시간을…
애원하듯 뜨거운 울음으로
가을은 소리 없이 붉어 가는데

빛 고운 국화 다발 속에서
환한 미소 머금은 채
홀로 연기 속으로 취해 갔다

무추를 처음 보다

조상이 누구인지

본적이 어디인지

알싸한 맛

달콤한 맛

사랑으로 버무리면

서로서로 곰삭아

또 한 몸이 될

우리 좋은, 인연 같은 것

꽃무릇

그대에게 다다르는 길은
그지없는 사랑이었지만

나에게 스며 올 때는
쓸쓸한 그대 향기 뿐

메마른 입술로
사랑한다는 말조차
끝내 하지 못하고

이승에서 맺지 못한 사랑아
다음 생에는
사무치는 그리움
듬뿍 적시어 와주오

가벼운 몸

나의 반달에서 조금씩
웃자란 손톱 깎아냅니다
단골 미용실에서 거추장스런
머리카락도 잘라봅니다

나이 들수록 쓸모없는 건
길어나는 손톱과 흰 머리카락인가 봅니다

소중한 시간 낭비와
가끔 만만치 않은 돈이 들어
때론 귀찮기도 하지만
아직 내가 살아있다는
더 즐거운 이유가 있어
미용실로 향하는 발걸음 한결 가볍습니다

싹둑 잘라내고
단정하게 다듬고 나서면
내 몸, 빈 항아리가 된 듯
가볍고 개운합니다

버거운 내 삶의 무게
가진 욕심 절반 내려놓고
조금씩 비워가듯

양등리 가는 길

안개 숲에 젖은 산들이 잠에서 깨어나 마을은 온통 설레는 마음 풀어 놓는다. 미끄러운 햇살이 담장너머 꽃들을 품어주면 집집마다 강아지가 꼬리 흔들며 반겨주는 담장 나지막한 집, 앞마당 바지랑대 때 이른 잠자리도 쉬어간다.

길목마다 소슬바람 소리 없이 내려와 땀방울 씻어주면 묵은 정들이 하나 둘 골목을 나선다. 비 개인 날 실개천 물결 따라 개망초 우거진 들녘 종종 걸음으로 설렌다.

일터로 오가는 나의 발걸음 한결 가벼운 건, 꽃들과 눈 맞춤하며 초록으로 물든 오솔길이 있고 싱싱한 텃밭의 향기를 물씬 느낄 수 있는 기쁨이 있기 때문이다.

청정한 작은 별들이 산 위에 걸리면 어진 마을엔 불빛이 새어나오고 눈썹달도 산등성이 한가로이 걸터앉는다. 넓은 초원엔 풀벌레 연주가 연이어 시작되고, 집집마다 고단했던 하루가 소르르 꿈속으로 젖어든다.

*양등리: 울산 울주군 석남사 부근의 마을

사랑, 맨살의 눈물

– 걸레

진정한 사랑은
미움도 더러움도 깨끗이 지우는 것이다
스스로 뼈와 살 허물도록
자신을 다 버리는 것이다

무릎 닳도록 온 집안을 닦으며
걸레의 너덜해진 모습에
맨살의 눈물, 한 사람
숭고한 어머니를 떠올린다

윤기 나도록 살아 온 날들
눅눅한 마음
세월에 말리며 가르친 말씀

자주자주 닦아야만
빛이 난다는 진리를
난 아직도 연습중이다

4부

말이 그리운 날

발톱을 깎다가

어르신들 발톱을 깎아드린다

평생 흙을 밟으며 살아 온 날들
누렇게 변색된 두터운 발톱은
웬만한 기술이 있어야만
상처 내지 않고 곱게 다듬을 수 있다

*이 발로 아장아장
걸음마를 한 적이 있었던가
이 발로 폴짝폴짝
고무줄놀이를 한 적이 있었단 말인가

어느 시인의 시 한 구절 생각 나
안쓰러운 마음에
쪼글쪼글한 발 감싸 안고 마사지 하듯
크림 듬뿍 바르고 매만져본다

나이 칠순 팔순 지나면서
제 손발톱 깎는 일이 큰 근심이란다

누구나 한 시절 보들보들한 손 발
눈 맞추던 푸른 시절 있었지
찬란한 봄날의 꽃자리…
가뭇한 세월의 흔적 되돌아보며
빛바랜 기억만 자꾸 더듬는다

*이승하 시 인용

화초가 사는 집

지인의 집에서 화초를 데려와 화단 한 켠에 심는다
'부디 잘 자라 건강하게 예쁜 꽃 피워다오'
사랑과 정성을 마음으로 보낸다
호미질을 할 때면 흙냄새로 스며오는 풋풋한 내음이 정겹다
때때로 토박이 화초들이 고개를 내밀어 반긴다

차가운 땅속에서 싹을 틔우느라 녹록치 않았을 그들의 생
꽃이 되기까지 날마다 빛과 물을 길어 올리며 분주했을 손
긴 몸부림의 시간들이 우리네 삶과 같다는
그래서 상처 없는 젊은 날은 없다고 했던가

장미는 넝쿨로 대문을 만들어 환하게 집을 가꾸고 있다
여린 것들도 저처럼 아름다운 풍경을 만드는데
나는 언제 남에게 단 한 번 꽃이 되어 주었던가
지나는 사람들 대문 밖을 서성이며 기웃댄다

그녀, 눈빛으로 세상을 읽다

손이 유일한 소통인 그녀
머리가 반쪽뿐이다
절반은 남편의 폭력이 앗아갔단다

아직
젊음으로 견딘 윤기 나는 머리카락은
풍성하게 절반의 머리를 감춘다

수화도 모르는 나는
머리를 감길 때마다
조심스런 손길과 눈빛으로 그녀를 살핀다
어쩌다 마음이 통하지 않을 땐
소리를 질러댄다

마음만으로 통한다는 게 어디 그리 쉬운 일인가
말이 그립고 소리에 목이 마른 사람

그늘진 곳에서도 진실은 아는 것
등 다독이며 안아줄 수 있는
우리들의 따스한 눈빛이 그립다

길

야트막한 산길
나무 계단을 밟으며 오른다
숲이 내뿜은 숨결로
힘겨운 호흡이 잦아든다

자잘한 햇살이 좁은 틈새를 비집고
푸른 숲길을 만든다
나뭇잎에 이슬만 피어나는
오솔길이 있다면
문득 그 길을 가보리라

삶은 언제나 가파른 등정이라지만
힘들수록 더 오르고 싶은 산이 아니던가
그림자도 발이 시린 길 위에선
세상 모든 것이 다 사랑스럽지 않던가

반듯하고 환하게 열린 길이던
꼬불꼬불 휘어진 오솔길이던
그저 우리들은 앞서거니 뒤서거니
내일이란 길을 함께
걸어가야 하는 것을

길은 언제나 미래를 위해
비춰주는 등대와 같은 거

태화강 십리 대숲

비온 뒤 대숲엔
싱그러운 바람이 분다

어린 죽순들이 벗어놓은 뜨락엔
풋잠이 즐비하다

자분한 흙더미 알처럼 깨트리며
젊은 맥박이 뛴다

파릇한 숨결 따라 기지개를 켜면
대나무의 함성은
그대로 빛이 되고
푸른 숲이 된다

가을날의 선물

가을 뜨락에 나뭇잎들이 조용히 내려앉습니다
스님께서 가장 맑고 깨끗한 단풍 한 잎 선물로 주십니다

스님! 낙엽처럼 낮아지란 말씀인가요?
아니요. 천국행 티켓입니다

짧은 말씀 한마디에 사랑이라는 물이 감돕니다

나도 누군가에게
가장 아름다운 티켓 한 장 내밀고 싶습니다

병이 든 사람
가난한 사람
마음 외로운 이에게
가을날 마음의 보약 같은
고운 티켓 하나 선물로 드리고 싶습니다

거울 앞에서

여자가 장식을
하나씩 달아가는 것은
젊음을 하나씩
잃어가기 때문이다*

여류시인의 시 한 구절처럼
그다지 좋아하지도 않는
화장을 하고, 액세서리를
귀에 손목에 차례로 해본다

젊었을 땐 참 예뻤겠네요!
타인의 말들이 위안으로 느껴져
인사도 따사롭게 들리지 않는다

새삼 나이를 헤아리며
한 때 소중함을 몰랐던 젊음을
한순간 도둑맞은 듯

무엇이 억울한지
뭔 아쉬움이 남았는지
죄 없는 거울을 노려보며
넋두리 같은 독백을 해본다

낯선 거울 속의 한 여자가

*홍윤숙 시 「장식론」 중에서 인용

국수 예찬

밥 한 끼 하자는 말보다
국수 한 그릇 먹자는 지인의 말이
마음을 더 설레게 한다

멸치, 말린 다시마, 양파, 무
한 조각들의 어울림이
감칠맛 나는 세상으로 이끌어낸다

가족의 기념일, 행사 때마다
고급 밥집으로 끌려 다니는 나는
살뜰한 마음 아는지라
내색은 안 하지만 그다지 반갑지 않다
국수 한 그릇 소박하게 먹는 날은
진수성찬보다 더 배부른 기분이 난다

생일 결혼식 피로연 축하의 자리엔
국수를 먹어야 좋다는 속설이
괜한 말이 아닌지도 모른다

인생은 국수의 면발처럼
부드럽고 유연하게
오래 지루하지 않도록
어우러진 다시국물 맛을 낼 줄 알아야지

국수가 당기는 날
촉촉한 단비가
감칠맛 나게 내린다

레시피, 바다의 향

경치 그만인 바다 앞에서
갖가지 조개구이를 맛본다

전복 소라 가리비 하얀 속살에
땡초 치즈 파프리카
색색 고명 수놓인 꿈의 성찬
바다 진한 내음이 자욱하다

먹기도 아까운
한 상 가득 찬 예술 작품
약속이라도 한 듯
가족 모두 사진에 담는다

조각난 그들의 상처가
행복한 일상을 만들고
우리 그득한 배를 채우는 날

문득 파도 소리 들리는 듯

내 귀는 소라껍질
바다 물결 소리를 그리워한다
장콕토의 시를 생각하다

석쇠 위에서 꿈틀대던
조가비 한 생명에 대한
죄가 스멀거린다

초록이 진 자리

비와 바람이 지나 온 길이 있다
그 길을 따라
무성한 잎을 밀어내던 아름드리 소나무
'재선충'이란 이름으로 무참히 쓰러졌다

서둘러 온 풋풋한 바람은
숲이 휑한 이유를 모른다
초록으로 입술 적시던 새들도
숲이 그리운지 낯설게 울어댄다

산의 주인으로 살았던 소나무는
하나 둘 쓰러지고
덩그러니 그루터기로 앉아있다

새순이 돋아나던
봄을 기억하며
꼿꼿이 하늘 향한
기지개를 켠다

꽃들도 관객이다
– 문학기행

어제의 권태를 벗고
오늘 하루 윤기를 채워보는 날이다
땅 위엔 연초록 물결 파도로 밀려온다
오월의 선율이 가슴 속에 스며든다
모퉁이 꽃들도 저마다 자태를 뽐내며
우리들의 관객이 된다

정처 없이 떠돌던 바람도
길가이 오종종 마중 나온 새들도
봄 햇살에 귀를 연다

오월, 그대와 나
따뜻한 등 기대어
꽃잠에 들 것 같네

봄날 속으로 사라지다

바람 센 신도시의 물결
어느 날 고향을 덮쳐왔다

내 부모님 평생 간직했던 일기
그 귀한 날들이 흔적 없이 사라졌다

손때 묻은 살림 정리하시며
아랫동네 이사 준비 하시는 어머니
굽은 등 뒤로 먼지 같은 슬픔들이 떨어진다

이제부터 편한 시간 곱게 물들이며
어머니,
호강 받으며 사시라는 자식들 위로 말
눈물 감추시며 되돌아보는 빈집

나와 동생들
탯줄 소중이 묻었던
감나무 살구나무 매실나무
해마다 봄꽃으로 환하던 우리 집

이제
정든 곳 기억을 묻어야만 한다고
뒤꼍 포클레인 소리는 더 요란하다
어린 날의 기억들
아슴히 스쳐간다

유품으로 남겨질 시간들

명절날 친정어머니는 얌전히 접은 보자기를 펼치시며 가까이 앉으라하신다. 한복 두 벌, 가방, 보석반지 몇 점, 조심스레 쓰다듬으시며 가져가라 하신다. 내 어머니의 지난 세월을 베고 누운 눈물겨운 것들 창으로 스며든 하얀 햇살에 와락 안긴다.

이건 언제 누가 생일 선물로 해준 것, 이건 회갑 때 받은 것, 하나하나에 추억을 붙잡고 되뇌시는 목소리엔 이미 촉촉한 물기가 배어있다. 팔십 평생 한두 번 입어 새 옷 같은데 세탁까지 해두셔서 윤기를 잃지 않은 옷가지들이 한 올씩 부풀어 오른다.

외동딸인 나에게 대물림 하시려고 오래전부터 준비하신 것처럼 장롱 깊숙이 고이 간직하셨나보다. 어머니는 나이 탓인지 조금씩 떠날 준비를 하시려는 눈치다. 예전에 선물해드린 장밋빛 산호반지를 내 손에 끼워주신다.

평생 일만 하시느라 아껴두신 어머니의 유품들이 마음을 시리게 한다. 산호 반지보다 더 곱던 어머니의 지난 세월들은 바쁜 걸음을 재촉하고 그 품에 안겼던 푸른 시간들 오래오래 붙잡고 싶은데… 울컥이며 녹아드는 울음조차 안으로 참아야했다. 손에 낀 반지 내려다보면 젊은 날 어머니 숨결 소리가 들린다.

달 아래, 어머니를 빚다

어머니와 둘이서 송편을 빚습니다
어머니는 보름달
난 반달을 빚습니다

마음 답답할 때
둥글둥글 달처럼 살자던 어머니
크게 둥글게 잘도 빚습니다
곱게 빚으려 흉내를 내보지만
연신 어렵기만 합니다

예부터 송편은 둥글게 빚었다고 합니다
반달에서 차츰 온달이 되듯이
송편의 유래도 달을 닮았다 하네요

우리네 삶, 보름달처럼
빛나는 충만으로
잘 살아야 한다는 말씀인가요

작은 꿈이 부풀어
나의 생 어머니 염원처럼
환하게 살아가길
소원으로 빌어보는 명절입니다

든든한 신발, 잠에 들다

어머니 혼자 살아가는 집
현관문 열 때마다
부재중 신발 세 켤레
나란히 누워있다

하늘나라 떠나신 아버지의 고무신
아직도 듬직하고 뽀얗다
멀리 사는 막내의 농구화
정박해있는 거대한 배를 닮았다

모두
덜컥 방문 열고 반기는 듯
가슴이 뛴다

세상의 어머니는 강하다 했지만
아직도 외로움과 무서움을 타는
내 어머니

오늘밤도
신발 세 켤레 위안을 삼고
편안한 밤
꽃 꿈을 꾸시는지

말이 그리운 날

소소한 말들이 그립다는 걸
한 사람을 보내고 나서야 알았습니다
새벽 창을 열고 무심히 바라보던 화초에게
무겁게 말을 걸어봅니다
혼잣말로 밤사이 안부를 전해봅니다

그와의 일상적인 대화 속에
때로는 멋없이 느껴졌던
냉소적인 말들이 가슴을 울리기도 했었고
시시하다 타박했던 말,
그 말들이 이제야 작은 행복이란 걸 알았습니다

하찮은 날씨 이야기
반찬이 싱겁다
국이 짜다는…

밋밋하던 일상의 언어가
오늘은 빗물과 함께
촉촉이 내 가슴을 적시고 내려와
아련한 그리움을 더합니다

다시, 봄은 오는데

햇살 고인 자리마다
스며드는 초록빛 숨결

선한 눈매의
바람조차 따사로운 날

말갛게 씻긴 담장 아래
꽃망울 터지는 소리

지난 밤,
어느새
여린 꽃등 하나
밝혀놓은 뜨락

해설

수목과 화초 제재의 형상과
불교적 사유

공광규(시인)

| 해설 |

수목과 화초 제재의 형상과 불교적 사유

공광규(시인)

1.

　울산 농소에서 출생한 주여옥 시인은 2004년 등단하여 울산
시인협회 사무국장을 역임하고, 현재 울산문인협회 부회장으로
봉사하고 있다. 2013년 시집 『곡선의 미소』를 내었으니, 이번 시
집이 두 번째다. 시인은 '시인의 말'에서 "정토마을에서 만난/ 늘
푸른 산과 정원의 나무와/ 유난히 아름다운 밤하늘 별/ 계절 따
라 마중 나온 꽃들에게/ 마음을 여민다."고 고백하고 있다.

　주 시인이 '시인의 말'에서 언급한 바, 이 시집은 푸른 산과 수
목, 그리고 별과 꽃에게 향하는 시선이 맑고 깨끗하고 밝은 심
성과 '정토'로 귀결되는 시인의 불교적 사유가 충만한 시집이다.
시집의 지배적인 제재인 수목과 화초에서 길어 올린 비유와 상
상력이 불교적 사유와 시인의 맑은 심성을 감싸면서 독자의 즐
거움을 주고 있다.

　특히 시 「수련」과 「이슬을 읽다」는 시인의 깨끗하고 맑은 눈과

자리이타의 심성을 대리한다. 시인은 "물결 잔잔한 호수/ 연분홍 등 하나 밝혀 놓고// 온유한 기도와/ 맑은 눈빛으로/ 영혼을 깨우는/ 저 숭고한 몸짓"(「수련」전문)이라고 하니, 마음이 물결처럼 잔잔하고 연분홍 연꽃처럼 고우며, 산사의 기도처럼 온유하고, 맑은 눈빛을 보유한 몸짓의 시인임을 상상하게 한다.

풀잎 끝이 아슬하네요

세상에서 가장 투명한 몸짓으로

눈물방울에 작은 우주를 담고 있네요

흔들리는 바람에 초연하고 싶어요

눈부신 햇살은 영혼을 삼켜버리네요

푸른 새벽에 다시 눈 뜨고 싶어요

– 「이슬을 읽다」 전문

앞에 언급한 시 「수련」과 같이 아슬아슬하게 맑고 투명한 심상의 시다. 시인은 풀잎 끝에 매달린 이슬에서 투명과 우주를 보고, 바람에 아낌없이 자기를 내주는 초연한 운명을 본다. 눈부신 햇살에 사라지는 이슬의 운명, 바람에 지는 이슬의 목숨, 그

럴지언정 시인은 새벽에 다시 이슬로 부활하여 맑은 눈을 뜨고 싶다고 한다.

2.

망개떡을 감싼 망개 잎을 아들을 낳았을 때 감쌌던 포근한 이불로 비유하는 주여옥은 시에 숲, 꽃잎, 수세미, 꽃잎 편지, 안개꽃, 수련, 엉겅퀴, 풀잎, 꽃씨, 무추, 꽃무릇 등 화초를 많이 등장시킨다. 식물 제재에 의탁한 시인의 내면은 맑고 깨끗하고 푸르고 투명하다. 아마 주여옥 시의 청정한 언어와 기운은 시인의 심성이 화초에 세탁되었기 때문일 것이다.

지인의 집에서 화초를 데려와 화단 한 켠에 심는다
'부디 잘 자라 건강하게 예쁜 꽃 피워다오'
사랑과 정성을 마음으로 보낸다
호미질을 할 때면 흙냄새로 스며오는 풋풋한 내음이 정겹다
때때로 토박이 화초들이 고개를 내밀어 반긴다

차가운 땅속에서 싹을 틔우느라 녹록치 않았을 그들의 생
꽃이 되기까지 날마다 빛과 물을 길어 올리며 분주했을 손
긴 몸부림의 시간들이 우리네 삶과 같다는
그래서 상처 없는 젊은 날은 없다고 했던가

장미는 넝쿨로 대문을 만들어 환하게 집을 가꾸고 있다
여린 것들도 저처럼 아름다운 풍경을 만드는데
나는 언제 남에게 단 한 번 꽃이 되어 주었던가
지나는 사람들 대문 밖을 서성이며 기웃댄다

- 「화초가 사는 집」 전문

　화초에 인간의 삶을 비유하고 있다. 화자는 지인의 집에서 화
초를 가져와 심고, 사랑과 정성을 다하여 가꾼다. 그런데 화초
들을 차가운 땅 속에서 싹을 틔우는 데서부터 녹녹치 않았을 거
라고 한다. 또 꽃을 피우기까지 빛과 물을 길어 올리는 수고를
했을 것인데, 이런 꽃을 피워내는 몸부림이 우리 인간의 삶과 같
고, 자라면서는 상처를 입는 인간의 젊은 날과 같다는 비유다.
　넝쿨장미는 성장의 어려움에도 불구하고 환하게 집을 돋보이
게 한다. 화초나 넝쿨장미 같이 사람보다 여린 것들도 아름다운
풍경을 만들어주는데, 수목과 화초보다 강한 인간인 나는 남에
게 꽃이 되어주지 못했다는 참회. 시 「꽃잎지다」는 안타깝고
애절한 서사와 안정된 묘사와 비유가 일품이다.

차가운 햇살이 홍매화 가지 끝을 쓰다듬자
몽우리에 붉은 빛이 피돌기를 시작했다

유난히 눈매가 맑은 40세의 그녀

얼굴도 모르는 암이 찾아들어
몸 구석구석을 헤집어 놓았다

눈 뜨곤 볼 수 없는 고통이
그녀를 침상에 눕혔고
환의로 갈아입은 그녀의 병세는
창백해지기 시작했다

"언니 나 좀 살려주세요!"
"어린 아들이 둘이나 있어요. 꼭 지켜봐야 해요!"
애절한 눈빛 바라보며
나는 그저 듬성한 머리카락만 쓰다듬어 주었다

꽃 같은 나이
푸른 물을 뿜어 올릴 나이
그녀의 몽우리는 일주일만에 떨어져
그만 피돌기를 멈추었다

꽃잎의 영원한 안식처는 높고 높은 하늘이라 했던가

세상에 남겨진 어린 두 그루 꽃나무
어루만지며 키워줄 햇살의 손길
더 부드럽고 더 따뜻하기를

– 「꽃잎 지다」 전문

겨울이 다 가기도 전인 이른 봄에 피는 홍매화는 시의 주인공 40세의 그녀이다. 암으로 몸이 망가져 죽음을 앞둔 주인공은 남겨진 아이 둘이 커가는 것을 보아야 하기 때문에 화자에게 살려 달라고 애절한 눈빛으로 애걸한다. 주인공은 홍매화를 닮은 "꽃 같은 나이"이고 "푸른 물을 뿜어 올린 나이"이지만 일주일 만에 홍매화가 지듯 목숨을 내려놓았다.

　어미를 보내고 남겨진 어린 아이들은 "두 그루 꽃나무"로 비유되며, 화자는 이 꽃나무들이 자라려면 어루만지며 키워줄 "더 부드럽고 더 따뜻"한 "햇살의 손길"이 필요하다고 한다. 홍매화와 젊은 엄마 나이의 비유, 애절하고 안타까운 서사, 어린 꽃나무로 비유되는 두 아이, 뜻이 잘 통하는 안정된 묘사가 빛난다.

　시인의 세밀한 감성이 돋보이는, 화자가 "수목들의 잎새와 숨결을 맞춘다"는 문장이 눈에 띄는 시 「안개 숲에 젖다─곶자왈 숲」은 시인이 얼마나 숲과 화초가 있는 풍광 묘사에 심혈을 기울이는가를 보여준다. 햇살이 들지 않는 숲에는 산안개가 모락모락 생기를 피워 올리듯 숲을 감싸며, "이끼는 돌들과 어우러져/ 촉촉한 수채화 한 폭"을 그리고, 수선화 무리들이 "숲에서/ 마중 나온"다고 한다.

　화초에 많은 관심을 두고 시의 제재에 활용하는 주여옥은 "살아내려 바득대는 풀들에게/ 끈질긴 생의 집착을 배"(「풀잎의 반란」부분)우며, "수세미 몇 알의 노란 꽃"(「수세미꽃」부분)에 눈길을 주고 꽃말을 궁금해 하며 측은해하기도 한다. 논둑길에 핀 엉겅퀴꽃에서는 "내 아버지 숨결 어린 풀빛 세월"(「엉겅퀴꽃」부분)을 환기하고, 시 「틈 사이」에서는 틈을 "생명을 키워 낸 어머니의 자궁"으로 비유한다.

시인이 제재로 등장시키는 수목 가운데 대표적인 것은 아마 느티나무일 것이다. 시집의 첫 시「새로운 길」에서 시인은 "출근 길에 수령 250년 된" "국수송과 느티나무가/ 환하게/ 길을 밝혀주는 '양등마을'"을 지나다니며, 수목과 화초가 어우러진 양등마을의 푸른 숲을 '푸른 말씀'으로 읽는다.

삼백세 고령에도
무성한 잎 피우며
손짓하는 양등리 느티나무

튼실한 비늘과 툭 불거진 근육들
건장한 그의 품엔
날마다 여인들 발걸음 끊이지 않는다

흙먼지 날리던 세월
마을 어귀를 지키며 버텨온 그는
윗동네 아랫동네 소문 다 엿듣고
어느 집 숟가락 몇 개인지 알아도
그 비밀 침묵으로 지켜주었지

어둔 밤
달과 별 속삭임도 차별없이 품어주며
따스한 온기 집집마다 채워주며
새봄이 돌아올 때마다
푸른 말씀 경으로 들려주네

– 「푸른 말씀」 전문

푸른 말씀의 주체는 푸른 느티나무다. 양등리 느티나무는 삼백세나 되는 고령이지만 잎을 무성하게 피운다. 오래되어 일어나는 나무껍질과 울퉁불퉁한 나무 둥치는 비늘과 불거진 근육으로 비유한다. 이렇게 오래된 나무는 마을 어귀를 지키면서 동네사람들의 대소사와 어느 집 숟가락 숫자까지 알고 있다.

동네사람들의 모든 걸 다 알지만 침묵하고 숨겨주는 오래 산 느티나무. 어두운 밤에는 "달과 별의 속삭임도 차별 없이 품어주며" "새 봄이 돌아올 때마다/ 푸른 말씀 경을 들려"준다. 시 「양등리 가는 길」에서 보면, 느티나무가 있는 양등마을은 울주군 석남사 부근의 마을인데, 안개가 자주 끼나보다.

집집마다 화단에 꽃을 심어 꽃을 품어주며, 강아지가 반겨주는 담장 낮은 집이 있고, 실개천 따라 개망초가 우거진 곳이다. 초록의 오솔길이 있고, 청정한 작은 별들이 산에 걸리고, 불빛이 새어나오는 마을은 어진 사람이 사는 곳으로 보이고, 눈썹달이 산등성이에 걸터앉고, 초원에는 풀벌레 연주하는 곳이다.

3.

주변에서 수목과 화초를 발견하고 정화된, 마음이 청정한 시인은 정토를 발견하기에 이른다. 시인이 발견한 정토는 첫 시 「새로운 길」에서 제시하듯, 양동마을엔 국수송과 느티나무가 있고, 이런 양등마을은 "온갖 야생화가 무리지어 핀 조붓한 뜨락/ 사방을 둘러보아도 울창한 숲이 우거진"곳이다.

이곳은 구체적으로 "몸과 마음 아픈 이들 함께 모여 오순도순

살아가는/ 기도소리 풍경소리 온화한 평화로운 곳"인 양등마을
이다. 정토는 부처와 또 장차 부처가 될 보살이 거주하는 청정
한 국토를 말한다. 중생이 사는 온갖 번뇌로 가득 찬 고해(苦海)
인 현실세계에 대한 상대어가 정토이다.

관념적으로는 서방 극락세계와 동방정유리세계(東方淨瑠璃世
界)이다. 정토의 요건이 되는 청정함, 극락, 정유리세계의 심상
은 시인이 사용하고 있는 맑고 깨끗한 식물성의 언어나 심상과
닮았다. 물론 선가에서는 정토가 마음에 있다고 한다. 어디에 있
든 마음먹기에 따라 극락과 지옥, 정토와 예토가 된다는 것이다.

주 시인의 시에는 우리의 오래된 종교이자 토착된 문화인 불
교제재가 드러난 시들이 여러 편 보인다. 눈에 띄는 대로 열거
해보면「안개꽃처럼」「가을 운문사」「등」「손」「신흥사 가는 길」
「새벽이 오는 길」「돌탑」「아슬아슬한」 등이다. 시「손」에서 "세
상의 등불로 살아온 사람들 보며/ 나도 아픈 이들을 위해/ 더
따스한 마음으로/ 작은 빛이라도 심어주는 손이 되고 싶다"고
한다. 시인의 자비심이 문장에 나온다.

사실 비구니 스님이 지어준 시인의 별칭은 '안개꽃 보살'이다. 커
다란 꽃에서 "있는 듯, 없는 듯/ 보일 듯 말 듯" 겸양으로 작은 꽃
잎이 되어 "조용하고 잔잔한 웃음으로/ 환자들에게 보살핌을 주는
보살"이서 붙은 이름이다. 시인 자신도 나이가 들수록 때 묻지 않
은 순수한 사람을 닮은 안개꽃을 한 때 좋아했었다고 고백한다.

가슴에 탑을 쌓으며
저마다 물소리 여울진 옛길 따라
그리운 발자국 하나 둘 떼고 있다

홀로 가야 할 시간들
종소리 어둠을 흔들어
세상을 깨울 때
흰 고무신 숙연한 법당을 들어서면
무엇을 취하고
무엇을 버려야 하는지
끝 모를 회한이 등을 토닥인다

온종일 경을 들으며 귀를 열고 선 나무들
짧은 해그림자 따라 손짓할 때
비로소 작은 내가 보인다

옷깃을 부여잡는 풀벌레 소리에
엎드린 길들이 오소소 일어서며
메마른 가슴 적셔주는데

  -「가을 운문사」 전문

　시인은 가을날 운문사에 가서 자기를 본다. 자기를 바로 보는 일
이 바로 깨달음에 이르는 길이고 도를 구하는 사람의, 종교의 목표
일 것이다. 아마 홀로 가슴에 탑을 쌓으며 운문사를 향해 물여울을
따라 걸어간 화자는 운문사에 도착하여 흰 고무신이 숙연하게 놓
여있는 법당에 들어선다. 거기서 버리고 취할 것을 묻는다.
　법당 주변의 나무들은 종일 귀를 열고 불경과 염불소리를 듣
고 있다. 사람만이 귀가 있는 것이 아니고 나무에도, 크고 작은

바위와 풀에게도, 그러니까 만물에 두루 불성이 있고 귀가 있어
다 듣는다. 자연사물과 교합이 잘 이루어진 화자는 "짧은 해그
림자"가 손짓하는 모습을 본 순간 비로소 깨닫는다. '작은 나'를
보는 시인은 등이 굽은 새우에서 어머니를 보기도 한다.

   온몸 구부정한 새우를 볶는다
   늙은 여자의 몸매처럼
   어정하고 구부정한 자세다

   험한 바다 속을 힘겹게 헤엄치다
   마치 세상 이치를 다 깨달았다는 듯
   부처의 눈으로 묵언중이시다

   늘 굽은 자세로 논밭 매던 그녀
   엎드려야만 편안했던 생
   언제나 겸손하게 자세를 낮추며 살아왔다

   왜!
   자신을 희생하며
   밤낮 새우잠을 자야 했는지
   그녀의 황혼 노을 진 생을 읽으며
   저물녘에야 나도 조금은 알겠다

   - 「등」 전문

등이 굽은 새우와 등이 굽은 어머니를 병치하여 비유하고 있다. 화자는 새우를 볶다가 등이 구부정한 것을 보고 "늙은 여자의 몸매"인 "어정하고 구부정한 자세"인 어머니를 소환한다. 새우는 약육강식의 험한 바다 속을 힘겹게 헤엄을 치면서 세상 이치를 깨달았다고 한다. 그 깨달음이 무엇인지는 제시되지 않으나, 아마도 삶이라는 것이 약육강식의 고해를 건너는 것이라는 의미일 수도 있다.

새우는 삶의 의미를 다 깨달은 듯 뜨거운 프라이팬 위에서 "부처의 눈으로 묵언 중"이다. 생각해보니 평생 논밭은 매느라 등이 굽은 어머니, 오히려 삶이 만들어버린 등이 굽은 채로 엎드려 있어야 편안한 생을 사는 어머니와 같다. 화자는 새우를 볶다가 새우의 모습을 보고 어머니가 등을 구부린 채 새우잠을 잔 이유를 알겠다고 한다.

시인은 「돌탑」에서 "누구의 간절한 기도였"느냐고 묻고는, "어머니의 눈물" 같은 길을 떠올리며, 「아슬아슬한」에서는 동이 트기 전 길거리에 나와 모이를 줍는 비둘기를 "비둘기 한 쌍이 탁발을 나오셨네/ 연회색 장삼에 빛 고운 고깔/ 아장걸음 부지런도 하시다"며 회색 장삼을 입은 스님에 비유한다.

「신흥사 가는 길」에서는 "초록에 쌓인 깊은 산사는/ 정겨운 가슴 열어주는 엄마의 품속이"라며 산사가 "일상의 번뇌"를 씻어주는 포근하고 따뜻함이라고 비유한다. 새벽이 오는 소리에서는 감이 익어서 지붕 위로 시도 때도 없이 떨어지는 소리를 "아슬한 고행의 끝"인가 하고 아쉬워한다. 감은 "허공이 둥지였"다는 발상과 비유가 빛난다.

4.

　지면상 주여옥의 시를 수목과 화초 제재의 형상과 불교적 사유로 양분하여 살펴보았다. 그러나 주 시인의 시에는 이런 유형의 시만 있는 것도 아니고, 해당되는 시를 다 언급한 것도 아니다. 다양한 인물이라든가, 자신이 살고 있는 지리적 공간인 울산, 불교적 공간인 사찰 등이 자주 출연하고, 이들을 얼마든지 유형화해서 거론할 시들이 충분하다.

　시에 엄마, 며느리, 손자, 친구, 아들 등 시인의 구체적 주변 인물들이 등장하여 서사를 끌고 가기도 한다. 이를테면 시 「사랑, 맨살의 눈물」에서는 걸레의 너덜해진 모습에서 어머니를 떠올리기도 하고, 「그녀, 눈빛으로 세상을 읽다」에서는 머리가 반쪽인 여성을 통해 주인공 남편의 폭력과 피해자에 대한 사람들의 따뜻한 눈빛이 필요함을 피력한다.

　시 「태화강」에서는 자신이 살고 있는 공간인 울산에 있는 태화강을 "생명을 잉태하는/ 넉넉하고 위대한 어머니의 강"으로 비유하기도 하며, 반구대와 태화강 십리 대숲이 언급되고, 신도시 물결에 빈집이 된 고향집을 얘기한다. 시인이 사는 울산에서는 외지가 되는 구룡포와 제주도, 지리산은 물론 강원도 영월과 설악산 신흥사, 서울과 광화문 등으로 공간이 확장된다.